AF343310

CONSIDÉRATIONS
SUR LE GOÛT

DANS SES RAPPORTS AVEC LA MORALE,

THÈSE DE LITTÉRATURE

PRÉSENTÉE

A LA FACULTÉ DES LETTRES DE L'ACADÉMIE
DE STRASBOURG,

ET SOUTENUE PUBLIQUEMENT

Le Jeudi 10 Août 1826, à dix heures du matin;

POUR OBTENIR LE GRADE DE DOCTEUR ÈS-LETTRES,

PAR

CHARLES-CHR.-LÉOP. CUVIER,

DE MONTBÉLIARD (DÉPARTEMENT DU DOUBS),

PROFESSEUR D'HISTOIRE AU COLLÈGE ROYAL DE STRASBOURG, CHARGÉ PROVISOIREMENT DU COURS
D'HISTOIRE A LA FACULTÉ DES LETTRES, LICENCIÉ ÈS-LETTRES.

STRASBOURG,

DE L'IMPRIMERIE DE F. G. LEVRAULT, IMPRIMEUR DE L'ACADÉMIE.

1826.

(1)

PRÉSIDENT DE LA THÈSE,

M. Hullin, Professeur de littérature française à la Faculté.

STATUT UNIVERSITAIRE

Du 9 Avril 1825.

***

ARTICLE 41.

Pour chaque Thèse, le Doyen désigne un Président parmi les Professeurs devant qui elle devra être soutenue. Ce Président examinera la Thèse en manuscrit; il la signe, et il est garant des principes et des opinions que la Thèse contient, sous le rapport de la religion, de l'ordre public et des mœurs.

CONSIDÉRATIONS

SUR LE GOÛT

DANS SES RAPPORTS AVEC LA MORALE.

QUELLES que soient les productions de l'homme, elles peuvent toujours être considérées sous le point de vue de son perfectionnement, et cette considération m'a paru digne de servir de base à ma thèse de littérature.

J'ai pensé qu'il serait intéressant d'envisager le goût dans ses rapports avec les grands principes qui doivent servir de règle à la vie, et de montrer que sans ensemble moral dans l'exercice des facultés de l'ame, il ne peut y avoir de beauté parfaite dans les productions littéraires.

Notre ame est avide de nourriture : elle cherche, elle désire perpétuellement quelque chose qui puisse satisfaire son ardente activité; et toute l'énergie de sa volonté, toute l'intensité de ses facultés intellectuelles et morales sont dirigées vers ce but.

La vraie nourriture de l'ame est la vérité, la beauté et la bonté éternelle. Elle est répandue dans tout l'univers; mais partout elle est mélangée d'élémens hétérogènes. Le bien est à côté du mal; la vérité est voilée sous les nuages de l'erreur; le vrai beau est confondu avec ce qui lui est directement opposé. Ces trois choses ne sont dans leur pureté qu'en Dieu, et dans sa PAROLE, qui est *la vie et la lumière des hommes*.

1

Il est donc essentiel de pouvoir discerner le véritable aliment, du principe hétérogène qui en neutralise ou qui en détruit l'action vivifiante. En possédons-nous le pouvoir?

Oui : et cette faculté de discerner le bon du mauvais; ce sens d'un ordre supérieur, de l'exercice duquel dépend immédiatement le développement régulier de la vie physique, intellectuelle et morale, c'est ce que j'appelle le *goût*, dans la plus grande étendue de l'expression.

Ce goût s'exerce sous des formes variées, et chacune de nos facultés lui imprime son caractère.

Quand il s'exerce au moyen des organes dont les fonctions ont pour but le maintien de la vie animale, c'est le *goût physique*. Il distingue dans la matière ce qui est *bon*, ce qui est en rapport avec le maintien de l'organisation et, par une action plus intime, avec le principe vivant, dont cette organisation n'est que l'instrument matériel.

Quand il s'exerce par l'intermédiaire de la vue et de l'ouïe, le goût saisit dans les impressions si diverses qui nous arrivent par ces deux sens, un aliment plus délié, plus analogue à la nature du principe spirituel. La lumière et les couleurs, les formes, les proportions, les rapports; les sons avec leurs inflexions variées, la mesure et l'harmonie; la parole, enfin, avec la vie qu'elle renferme : c'est là ce que le goût cherche et démêle dans cet ensemble de sensations; et plus il y a de convenance, de rapport ou d'harmonie entre l'objet de la sensation et l'être qui sent, plus la jouissance du goût est vive, simple et naturelle (*goût des sens nobles*).

La réalité matérielle et ses impressions passagères ne suffisent pas au besoin dévorant qui agite l'homme. Ces impressions, il aime à se les retracer, alors même qu'elles ne sont plus; il aime à en jouir par anticipation; en un mot, il aime à vivre dans son imagination. Cette faculté a donc aussi son goût (*goût d'imagination*). Il lui faut des images plus vives, plus brillantes, plus grandes, plus agréables, et quelquefois plus terribles que la réalité. Elle se crée tout un monde d'illusions; elle s'élance dans les régions illimitées du possible; elle saisit avec force tout ce qui peut entretenir ou augmenter ses jouissances et son énergie.

Pendant que les sens et l'imagination travaillent à se satisfaire, la raison se développe dans le silence. Elle aussi cherche l'aliment qui lui est propre; elle aussi discerne dans les sensations et dans les images la nourriture dont elle a besoin (*goût rationnel* ou *de raison*). Elle est altérée de connaissances, et toute connaissance est fondée sur des rapports. Elle étudie donc les rapports des choses; elle abstrait, elle généralise, elle juge, elle conclut, elle fait provision de faits, d'expériences, de notions, de pensées, de principes; elle s'élève jusqu'à des résultats imposans, qu'elle saisit vivement, croyant posséder la vérité absolue. Mais le doute et l'erreur viennent souvent troubler sa jouissance.

La nourriture qu'elle goûte avec délices, ne saurait encore satisfaire le désir insatiable de vérité dont est possédé l'esprit de l'homme. Ces jugemens, ces calculs, ces raisonnemens, n'ont qu'un domaine limité. Il y a quelque chose au-delà, que le raisonnement ne peut ni démontrer, ni détruire, et que l'ame peut cependant contempler. C'est Dieu, c'est la vie et l'immortalité; c'est la sainteté obligatoire de la justice et de la vertu, dont l'homme a d'abord le pressentiment, avant d'en avoir la certitude. Mais dès qu'il a reconnu l'insuffisance des sens de l'imagination, du raisonnement, pour atteindre à ces hautes régions; dès qu'il s'est recueilli; dès qu'il a cherché avec candeur, pureté et confiance dans le sanctuaire intérieur, et surtout dans la PAROLE, cette *vie qui est la lumière des hommes*, son pressentiment se change en évidence, en expérience de l'intelligence et du cœur, et l'ame savoure son véritable aliment. Elle peut satisfaire ce goût supérieur à tous les autres (*goût de l'ame, goût de l'intelligence et du sentiment*); elle peut boire désormais à la *source d'eau vive* qui restaure et qui désaltère.

Amour sans bornes pour Dieu, et par suite, *amour constant et désintéressé pour les hommes ; tempérance et modération dans la satisfaction de tous les besoins et de tous les goûts naturels :* telle est la loi de ce goût supérieur; telle est la loi de l'humanité.

De cette loi, que j'appellerai *loi d'unité, loi d'harmonie*, découlent plusieurs conséquences.

La première, c'est que, parmi les goûts naturels dont nous venons d'indiquer la progression, un seul réglera tous les autres : c'est le *goût supérieur*, le *goût de l'intelligence et du sentiment*; le *goût moral*, le *goût de l'ame* proprement dit.

La seconde, c'est que le *goût parfait* dans la littérature et dans les arts, est l'ensemble même de tous les goûts naturels, épurés et mis en harmonie avec la dignité de l'homme, par ce goût de l'intelligence et du sentiment; par ce goût de l'ame qui est la *conscience morale et religieuse.*

La troisième concerne le *vrai beau*, qui est dans la littérature et dans les arts le principe des jouissances du goût, et le but de l'écrivain ou de l'artiste. Tout ce qui, dans une production littéraire, en flattant agréablement l'oreille, l'imagination et l'esprit, ne répugnera sous aucun rapport au sentiment moral, agrandira les vues de l'intelligence, purifiera le cœur, élévera l'ame, et lui fera sentir l'harmonie intérieure avec sa loi, ou la présence de quelque chose de plus saint et de plus grand qu'elle-même; c'est là ce que nous appellerons la *beauté.* Cette beauté sublime est le vrai et le bien, rendus sensibles à l'ame, et lui procurant une noble et douce jouissance.

Pour nous résumer, nous dirons que le *goût parfait* est inséparable de l'harmonie intérieure de l'ame ; et que le *beau* consiste à son tour dans cette unité, dans cette divine harmonie ressortant des choses, et faisant sur l'ame, qui s'en nourrit avec délices, une impression qu'il vaut mieux pouvoir goûter que de savoir la définir.

La *littérature* nous sert à communiquer tous nos sentimens et toutes nos pensées : elle est le langage lui-même devenu le premier des arts. Le langage est l'expression de la vie de l'esprit et de l'ame par la parole. Cette vie porte un caractère et une physionomie analogues aux principes dont elle se nourrit, au goût qui préside à son entretien; et le langage revêt à son tour ce même caractère, cette même physionomie: car *de l'abondance du cœur, la bouche parle.*

Le langage est le fruit d'une véritable réaction, dont l'intensité est proportionnée à la force de l'impression que l'ame a reçue. Quand cette impression a mis en jeu les ressorts les plus actifs, les affections les plus vives, le langage se ressent de cette émotion intérieure, et telle est l'origine de la *poésie.* La poésie est donc dans son principe une réaction énergique de l'ame, qui, sollicitée puissamment par le monde moral, intellectuel ou sensible, entraînée par une inspiration plus ou moins noble, travaillée par une surabondance de vie toute particulière, fait passer cette ivresse et cette vie dans le discours. De là, l'élan des sentimens, le mouvement et le pathétique des passions, l'essor des pensées, la pompe et la richesse des images, le brillant des expressions, et cette cadence harmonieuse qui est un des caractères du style poétique.

L'*éloquence* est sœur de la poésie. Elle aussi est une réaction énergique de l'ame, un élan de vie, sollicité par l'action puissante du vrai, de l'utile, du bon et du beau, sur l'intelligence, sur la raison, sur le cœur et sur l'imagination; elle aussi fait passer dans le discours, l'enthousiasme du sentiment et de la passion, l'élévation des pensées, la vivacité des images. Mais son but est plus directement pratique que celui de la poésie. Elle veut convaincre et persuader à la fois; elle veut maîtriser l'entendement et la volonté; elle veut porter à l'action. Ce qui la distingue surtout de la poésie, c'est qu'elle suppose plus de calme et de réflexion.

Enfin, la *prose didactique* en suppose encore davantage; et c'est là ce qui constitue sa physionomie caractéristique.

J'appelle *génie*, la force productrice, la puissance de l'invention dans l'homme. La première de ses opérations est le choix d'un sujet, qui ne doit point être arbitraire. Quand le génie est libre et pur; quand il s'est nourri d'élémens choisis par le goût parfait, il se fixe de préférence sur une matière susceptible de recevoir toute cette vie morale, intellectuelle et esthétique qu'il brûle de répandre au dehors. Il éprouve une sympathie naturelle pour le sujet qui rentre plus particulièrement dans sa sphère. S'il ne le connaît point encore ce sujet, il sera inquiet, agité, jusqu'à ce qu'il l'ait rencontré. S'il le trouve enfin, il sera saisi d'un enthousiasme irrésistible, et l'invention commencera. Pour être ce qu'elle doit être, il faut qu'elle s'opère sous l'influence mystérieuse de cette affinité élective qui enchaîne l'ame à ce qui est fait pour s'unir à elle.

Dès qu'un écrivain, quel qu'il soit, méconnaît cette grande vérité; dès qu'il est privé du tact de l'ame et de l'esprit, qui est l'instinct du génie, il entreprend plus qu'il ne peut faire; et c'est là un vice radical, dont les suites exercent une influence inévitable sur tous ses travaux.

> Sumite materiam vestris qui scribitis æquam
> Viribus; et versate diù quid ferre recusent,
> Quid valeant humeri.
>
> (Horat., *de Arte poet.*)

Ce tact si délicat, cet instinct caractéristique, ce goût exquis, doit guider l'écrivain non-seulement dans le choix du sujet, mais surtout dans le point de vue sous lequel il veut le considérer. A la rigueur, un sujet mal choisi peut être métamorphosé par un génie supérieur. Ce sujet offre-t-il un côté susceptible de quelque développement profond, brillant, ingénieux; offre-t-il des rapports directs ou indirects avec quelque sujet plus riche, plus grand et plus noble, le génie les saisit avec vigueur, et bientôt l'inspiration les féconde. Ainsi du bloc informe qu'un artiste vulgaire eût regardé comme rebelle à tous les efforts de l'art, peut sortir, sous le ciseau créateur des Phidias, l'Apollon du Belvédère ou la Vénus de Médicis

Il ne suffit pas cependant que le point de vue soit favorable à l'éclat des développemens, aux finesses de l'esprit, aux prestiges de l'imagination, aux grâces du style et de l'harmonie : il doit être conforme à une loi plus haute que celle du simple agrément, à la loi souveraine du goût et de la morale; à la loi d'unité, hors du domaine de laquelle il n'y a ni pureté, ni grandeur, ni dignité, ni véritable beauté.

Mais, dira-t-on, cette loi rigoureuse que vous imposez au poëte, à l'orateur, à tout écrivain qui veut plaire, n'est-elle pas une entrave pour le vrai génie? Et les retours inquiets qu'il devra faire continuellement sur lui-même pour éviter les écarts que vous condamnez, n'auront-ils pas pour effet de refroidir son enthousiasme? D'un autre côté, ne le privez-vous pas des ressources les plus fécondes, des moyens de plaire les plus sûrs, en proscrivant tout ce qui peut effaroucher une morale trop sévère?

Je réponds, que si le génie n'est pas étouffé par les règles multipliées que lui imposent les législateurs du Parnasse, il le sera bien moins encore par les grands principes moraux qui sont la vie même de toutes les puissances de l'ame. Ces retours inquiets dont on parle, il n'en aura point, si la vertu lui est naturellement chère, si l'élévation des sentimens n'est pas seulement chez lui une affaire de convenance et d'hypocrisie. Ses chants couleront sans effort, purs, gracieux et suaves, comme la beauté céleste dont ils porteront l'empreinte; et il pourra dire avec un de nos poëtes dont la lyre s'est vouée au culte de cette beauté morale qui est la seule véritable :

> Je chantais, mes amis, comme l'homme respire,
> Comme l'oiseau gémit, comme le vent soupire,
> Comme l'eau murmure en coulant.
>
> (LAMARTINE, *Nouvelles méditations poétiques :*
> *Le Poëte mourant.*)

Quant à ces ressources fécondes, quant à ces moyens de plaire qui sortent du domaine de la morale, ou plutôt qui sont en opposition avec elle, et qu'on regarde comme les plus sûrs, nous ne contestons pas leur empire sur ceux qui placent en première ligne les jouissances des sens, de l'imagination et de l'esprit, ou qui regardent la vie comme un jeu. Mais ce que nous avons dit sur le goût parfait répond suffisamment à leur objection.

Il y a plus; de grands génies ont prouvé par le fait que l'harmonie morale ne comprime point l'essor légitime de l'imagination, des sentimens naturels et de l'esprit d'agrément. Leurs ouvrages, pleins de charmes et de beautés supérieures, exercent sur nous un entraînement délicieux, auquel l'imagination, l'esprit et le cœur peuvent s'abandonner sans réserve. A quoi tient, par exemple, le charme irrésistible que nous éprouvons à la lecture du chef-d'œuvre de FÉNÉLON? N'est-ce pas à cette sagesse, à cette élévation, à cette candeur divine qui respire à chaque page, et qui, revêtue de tous les prestiges de la fiction, de toutes les grâces du style et de l'harmonie, pénètre dans l'ame par toutes les avenues à la fois.

Pour mieux juger de la valeur du principe, il suffit de nommer, à côté du *Télémaque*, un poëme trop fameux de VOLTAIRE, et quelques romans du même auteur qui ne sont qu'un persiflage continuel des hautes croyances qui soutiennent l'homme dans la vie. Ce contraste pourrait nous dispenser de plus amples développemens.

Si nous opposions cependant les chefs-d'œuvre de RACINE aux immoralités spirituelles de BEAUMARCHAIS, l'éloquence de BOSSUET, de SAURIN ou de MASSILLON aux déclamations des sophistes, l'*Histoire universelle* de JEAN DE MULLER à l'*Essai sur les mœurs des nations*, il ne nous resterait plus aucun doute sur la supériorité que donne au génie cette *philosophie* de l'ame, cet amour de la vraie sagesse, que nous avons proclamé comme la condition indispensable du goût parfait en littérature.

Le sujet une fois trouvé, le point de vue sous lequel il doit paraître une fois déterminé conformément aux principes du goût, l'invention descend aux détails et commence par les plus importans. La première et peut-être l'unique partie de ce travail est l'analyse du sujet. Comme le disent d'une manière si expressive les rhéteurs chinois [1], elle consiste à *fendre*, à *ouvrir*, puis à *ramifier* le sujet proposé, de la même manière qu'on ouvre, en le brisant, un objet matériel, pour voir ce qu'il renferme, pour en déployer toutes les parties.

Ici, comme dans toutes les branches du travail littéraire, aucune des facultés de l'ame ne doit rester oisive, et les facultés morales doivent présider à l'exercice des facultés intellectuelles. Cependant, cet ensemble imposant, cette subordination morale dans les opérations du génie, n'empêche pas que l'une ou l'autre des facultés ne prenne à l'invention une part plus marquée, plus active que ses compagnes, et ne communique ainsi sa physionomie à l'ouvrage, en raison du sujet lui-même, et du but secondaire que se propose le génie.

De là, le caractère distinctif des différens genres de littérature, tels que la poésie, l'éloquence, la prose didactique, avec leurs différentes espèces.

Dans l'invention, il s'agit de trouver, de produire; dans l'exécution il est plutôt question d'arranger, de revêtir d'une certaine forme les matériaux fournis par le travail de l'invention. Il importe surtout dans ce dernier cas de peser chaque élément, et de lui assigner son rang et sa place dans l'ensemble déjà posé en idée. On a donné le nom de talent à cette aptitude naturelle, qui peut se perfectionner par l'exercice.

La première réflexion qui se présente, c'est que le talent doit être d'accord avec le génie; ils doivent être réunis, fondus pour ainsi dire l'un dans l'autre, et n'être jamais en opposition. En

---

[1] Journal asiatique, Janvier 1824. — Cette citation des rhéteurs chinois paraîtra peut-être bizarre. Je ne me la suis permise que parce qu'elle peut contribuer à mieux rendre ma pensée.

d'autres termes, la forme et le principe qui l'anime doivent être en harmonie jusque dans leurs relations les moins importantes, sous peine d'imperfection dans l'ouvrage.

Ce que le sentiment ou la contemplation de quelque vérité sublime inspire à mon cœur, mon cœur doit le rendre dans des discours dignes de l'émotion qu'il éprouve. Ce que j'ai déduit d'une suite de méditations calmes et bien réfléchies, doit se reproduire sous une forme plus rationnelle. Ce que j'ai conçu avec cette poésie de l'imagination qui fait tout peindre et tout animer, je l'ornerai des couleurs brillantes de la poésie. Mon style sera tour à tour simple, élégant, naïf, délicat, gracieux, fleuri, léger, grave, rapide, véhément, sublime, pathétique.

Cet accord entre la forme et le fond exige dans l'exécution, comme dans l'invention, le concours plus ou moins marqué de toutes les facultés de l'ame, et dans tous les cas, la même harmonie entre elles.

Il faut que chaque puissance de l'ame préside, en ce qui est de son ressort, à l'exécution de l'ouvrage, et y fasse entrer l'élément de beauté analogue à sa propre nature. Car, nous l'avons dit, à chacune des facultés se rattache un goût spécial, dont la jouissance découle de l'harmonie qui existe entre l'objet goûté et la faculté qui s'en nourrit plus particulièrement ; mais ce n'est que de la réunion de tous ces goûts partiels, subordonnés les uns aux autres, selon l'ordre hiérarchique des facultés intellectuelles et morales, que résulte le goût parfait : tout comme le beau parfait n'est point dans l'harmonie partielle de l'objet avec une faculté isolée ou avec le goût partiel qui y correspond ; mais dans l'harmonie complète de l'objet avec toutes les facultés et tous les goûts réunis sous l'empire de la loi morale. Encore une fois, je veux que ces goûts secondaires soient tous satisfaits ; mais ils ne doivent point l'être exclusivement, ils ne doivent point sortir de leurs limites légitimes, et ces limites, c'est la loi d'unité, la loi d'harmonie qui les pose.

Conformément à ces principes, l'écrivain, l'orateur, le poëte, donnera une attention particulière au choix et au mélange heureux des sons agréables, à la texture et à la coupe des périodes, au nombre, au rythme, à la prosodie, à l'harmonie imitative, à tout l'artifice du discours relativement à l'oreille. Il flattera l'imagination par des tableaux et des tours variés, par des fictions en rapport avec son sujet ; il animera tout, il rendra tout sensible par des figures et des images. Mais, pour obtenir toutes ces beautés dans la forme, il n'ira pas sacrifier la correction du langage et la propriété des expressions, la clarté et la précision du style, la vérité, la justesse, le naturel des pensées et des sentimens, l'ordre, enfin, la méthode et l'unité, que réclament avant tout le bon sens et la raison. Je dis plus, toutes ces qualités qui font, aux yeux de l'esprit, la perfection d'un écrit sous le rapport de l'exécution, elles ne satisferont jamais, à elles seules, le goût parfait, si elles ne servent à faire ressortir cette pureté virginale que nous avons exigée du génie, et dont le talent devra se parer aussi comme de son plus bel ornement.

J'ai essayé dans ce travail de ramener le goût à un seul principe, celui de l'harmonie, qui est déterminé par la hiérarchie naturelle des facultés elles-mêmes, c'est-à-dire par leur subordination intellectuelle et morale.

Quelques propositions détachées serviront d'application à ce principe.

I.

La *poésie lyrique* a sa source principale dans les sentimens du poëte. L'hymne, l'ode, le dithyrambe, l'élégie, etc., doivent être l'effusion du cœur. Mais le cœur est plus ou moins pur, ses mouvemens sont plus ou moins nobles ; de là, des distinctions essentielles à faire dans ce genre de poésie, conformément aux principes du goût, tels que nous les avons établis.

Je placerais au premier rang ces chefs-d'œuvre inspirés à l'ame du poëte par le sentiment moral et religieux; ces chefs-d'œuvre qui remplissent le cœur d'une sainte émotion, en satisfaisant la soif de l'intelligence, en parlant à l'imagination par des formes tour à tour gracieuses et pittoresques, majestueuses et sublimes.

Telle est la poésie de l'Écriture; tels sont les chants des poëtes nourris de la vie religieuse et poétique dont elle est la source; telles sont les inspirations de cette haute philosophie, qui connaît l'homme dans son fond, qui sent dans toute leur étendue les rapports de l'existence fugitive de l'homme avec le monde impérissable et divin.

Il faudrait placer en seconde ligne ces productions qui sont le fruit des affections naturelles, telles que la douce sympathie, l'amour de la gloire, etc.; mais qui, sans blesser le sentiment moral et religieux, ne s'élèvent cependant pas jusqu'à lui.

Enfin, une troisième classe comprendrait ces chants qui peuvent récréer, mais qui jamais n'ont pour but de réveiller les affections nobles, et encore moins ces sentimens et ces convictions qui sont étroitement liées avec la véritable perfection de l'homme.

II.

Le poëme lyrique doit être l'expression harmonieuse d'une émotion réelle de l'ame, sous l'inspiration de laquelle s'exhale le chant du poëte. L'*épopée* suppose aussi, comme condition essentielle, la véritable inspiration poétique; mais cette inspiration est plus d'imagination que de sentiment. Elle se manifeste à la vue d'un ensemble de faits qui frappent vivement le poëte, et qui prennent à ses yeux des formes plus animées, plus grandes et plus merveilleuses. Par l'action créatrice du génie, ces faits viennent se grouper avec art autour d'un fait ou d'un caractère principal; ils se combinent, se coordonnent de manière à constituer une véritable unité d'action, à produire un tout harmonique et majestueux, dont chaque partie, intéressante par elle-même, tend à fortifier l'intérêt toujours un et toujours croissant de l'ensemble. Cette vaste composition, dans laquelle l'imagination met en jeu toutes les puissances surnaturelles, tous les ressorts de la fiction ; dans laquelle , dit Boileau,

> Tout prend un corps, une ame, un esprit, un visage ;

cette composition , dis-je, ne suppose plus seulement l'enthousiasme passager du poëte lyrique ; elle exige une continuité de travail, un ensemble suivi dans toutes les opérations intellectuelles, qui en multiplie les difficultés.

C'est dans l'unité épique que doit être le but moral et fondamental du poëme. Mais les ressorts particuliers de l'action, mais les détails subsidiaires , mais ces nombreuses fictions , ces épisodes , ces narrations, ces peintures, qui viennent tout embellir et tout égayer, il est impossible à l'imagination exaltée , à l'imagination qui ne veut que plaire, entraîner, séduire, de les subordonner d'elle-même à la loi morale que nous regardons comme la condition essentielle du bon goût. Il faut que le sentiment de la véritable beauté morale guide le poëte comme par instinct. Toutes les fois que cet instinct l'abandonnera, ses inspirations perdront leur charme le plus pur, et ce qu'elles gagneront en agrément aux yeux du critique vulgaire, elles le perdront en élévation et en dignité aux yeux des appréciateurs du vrai beau.

III.

Le *poëme dramatique* est un tableau partiel de la vie, à la composition duquel doit présider une vue philosophique quelconque. Tout dépend encore ici du goût moral de l'écrivain. Si la vie est pour lui une chose sérieuse, il s'élèvera en raison de la gravité de ses croyances morales. Cette unité d'action qui entraîne, cette peinture des caractères qui attache, ces puissans ressorts de la terreur et de la pitié, qui parviennent à remuer l'ame jusque dans ses profondeurs, le poëte les fait servir à des fins grandes et sublimes. Il s'élève à toutes les hauteurs de la *tragédie*, qui occupe le premier rang parmi les productions dramatiques.

Le plus noble but que puisse se proposer le poëte tragique, c'est de faire sentir au lecteur et au spectateur la sainteté de la justice et de la vertu, la difformité du vice, et, en général, cette liaison mystérieuse qui existe entre la vie actuelle et le monde invisible, vers lequel elle est un acheminement. Dès que son but est plus spécialement en rapport avec les *intérêts* et les petites passions de la vie commune, la tragédie tombe au second rang ; et dans cette nouvelle sphère elle s'élève ou s'abaisse encore, selon la noblesse des sentimens qu'elle tend à faire dominer.

Par sa nature même, la *comédie* occupe dans la littérature une place inférieure à la tragédie. Le ridicule peut agir moralement sur les ames, mais il ne s'élève pas jusqu'à cet ordre de choses dont nous parlions tout à l'heure. C'est aux facultés inférieures qu'il s'adresse de préférence, et ce sont elles qui le saisissent, et qui s'en amusent.

Quant aux facultés morales, elles sont éminemment sérieuses. Si elles trouvent dans la comédie et dans la satyre l'aliment qui leur convient, c'est dans ce que la comédie et la satyre ont de grave qu'elles le rencontrent, et non dans ce qui n'est que plaisant et ridicule. Je tiens pour faux, ou du moins pour très-exagéré, ce qu'on a dit de la comédie, qu'elle corrige les mœurs en riant (*castigat ridendo mores*); et je pense que si, d'un côté elle réussit plus facilement à plaire et à attacher que la tragédie, la tragédie en revanche est plus susceptible du vrai beau, et de cette influence morale qui doit marcher avant tout dans la littérature et dans les arts.

IV.

Aucune partie de la littérature n'est plus directement en rapport avec la morale que l'*éloquence*. Nous l'avons dit, son but est de sa nature éminemment pratique, et tout ce qui est pratique, est particulièrement du ressort de la véritable philosophie. Cette véritable philosophie n'est pas autre chose elle-même, que le goût parfait, c'est-à-dire l'amour du vrai, du beau et du bien, inséparable de l'harmonie hiérarchique des diverses facultés de l'ame. Si j'avais à classer les chefs-d'œuvre de l'éloquence, je commencerais par y chercher des vestiges de cette philosophie sublime que les anciens n'ont que pressentie, et que le christianisme a mise en lumière. Si je rencontrais dans un orateur le vol audacieux de l'aigle, la simplicité de la colombe, cet accent à la fois mâle et plein d'onction qui émane de la conviction et du sentiment, qui réveille l'intelligence, et qui pénètre jusqu'au fond des cœurs pour les élever vers les cieux, un tel homme serait à mes yeux le modèle de la véritable éloquence.

Je placerais immédiatement après lui, ce génie qui ne s'occupe que des intérêts de la terre, mais de ces intérêts qui sont en rapport direct avec la loi supérieure du juste et du bien; de ces intérêts publics ou privés, qu'une profonde conviction, que l'amour seul de la patrie, de la justice et de la vertu, nous donne la force de défendre avec dignité.

Toute production oratoire qui ne découlerait pas de l'une de ces sources pures, ne porterait point à mes yeux le caractère de la véritable éloquence, quel que pût être d'ailleurs l'entraînement qu'elle exercerait sur l'esprit et sur les passions.

Je termine ici des applications qu'il serait facile de multiplier. J'ai voulu, dans cette thèse, établir un principe que je regarde comme sacré et fondé en raison. Puisse la conviction qui a présidé à ce travail, lui mériter l'indulgence de ceux qui sont appelés à le juger.

FIN.